HÉSIODE ÉDITIONS

ARTHUR CONAN DOYLE

Poisson d'avril

Hésiode éditions

© Hésiode éditions.

1 rue Honoré - 93500 Pantin.
ISBN 978-2-38512-156-3
Dépôt légal : Janvier 2023

Impression Books on Demand GmbH

In de Tarpen 42
22848 Norderstedt, Allemagne

Poisson d'avril

La cabane d'Abe Durton n'était pas belle. D'aucuns la prétendaient affreuse, et d'autres, sans doute pour donner plus de poids à leur critique, allaient jusqu'à faire précéder cet adjectif d'une locution grossière fort en usage à l'Écluse d'Harvey.

Abe Durton, par contre, était un homme fruste et paisible, qui se souciait fort peu du blâme ou des louanges d'autrui. Il avait construit cette cabane de sa propre main ; elle était à la convenance de son associé et à la sienne ; que pouvaient-ils désirer de mieux ? Rien, n'est-ce pas ? Aussi regimbait-il très vite dès qu'on cherchait à entamer avec lui une discussion sur ce sujet.

– Ce n'est pas parce que c'est moi qui l'ai construite, déclarait-il, mais je parie qu'elle tiendra plus longtemps que n'importe quelle autre cambuse de la vallée. Y a des trous dedans, dites-vous ? Eh pardi, bien sûr qu'il y a des trous dedans. Comment donc qu'on ferait pour respirer s'il n'y en avait pas ? Au moins, chez moi, on ne peut pas dire que ça sent le renfermé. De quoi ? Il pleut dedans ? Eh bien, et puis après ? Est-ce que ce n'est pas un avantage de savoir tout de go qu'il pleut sans avoir besoin pour ça d'aller ouvrir la porte ? Pour mon compte, je ne voudrais pas habiter une maison qui ne laisserait pas filtrer l'eau du tout. Quoi encore ? Elle est de travers ? Ça, c'est une question de goût : moi, j'aime mieux une maison qui penche un peu. Et d'abord, est-ce que ça vous regarde ? Est-ce qu'elle ne plaît pas à mon associé, le patron Morgan ? Si ? Eh bien alors, du moment qu'elle lui suffit comme ça, elle doit me suffire, à moi aussi, je pense ?

Sur quoi, jugeant que la discussion prenait un tour un peu trop direct, l'adversaire trouvait en général plus sage de ne pas insister et préférait abandonner la victoire au rébarbatif architecte.

Mais si les opinions étaient quelque peu partagées quant à la beauté de cette installation, il n'en allait pas de même de son utilité qui, elle, était incontestable. Pour le voyageur exténué qui cheminait péniblement sur la route de Buckhurst, dans la direction de l'Écluse, la chaude lueur qu'on aperçoit sur le sommet de la colline devenait un rayon d'espérance et un avant-goût de bien-être. Ces trous mêmes, à propos desquels les voisins d'Abe Durton faisaient tant de gorges-chaudes, servaient précisément au contraire à répandre une atmosphère lumineuse autour de la cabane et la rendait doublement accueillante par une nuit telle que celle où commence le récit qu'on va lire.

Il n'y avait, ce soir-là, qu'un seul homme dans la cabane, et cet homme, c'était celui qui en était le propriétaire, Abe Durton lui-même, « Ossailles », comme l'avaient surnommé ses camarades.

Abe était assis en face de son grand feu de bois, considérant d'un œil morne les flammes dansantes, et décochant de temps à autre un coup de pied rageur à un fagot qui menaçait de s'éteindre. Sa blonde figure saxonne, aux yeux francs et naïfs, à la barbe hirsute et jaunâtre, éclairée par les reflets dansants de l'âtre, se découpait avec des contours nets et précis sur le fond sombre de la pièce. C'était un visage mâle et résolu que celui d'Abe Durton, et pourtant un physionomiste un peu habile n'aurait pas été sans remarquer qu'il y avait, dans les lignes de sa bouche, quelque chose qui dénotait un certain manque de volonté, une sorte d'indécision qui formait un étrange contraste avec ses épaules herculéennes et ses membres musclés. Abe était une de ces natures simples et confiantes qu'il est aussi facile de diriger qu'impossible de commander, et c'est cette bien-heureuse souplesse de caractère qui faisait de lui tout à la fois le bouc-émissaire et le préféré des habitants de l'Écluse.

La raillerie, en ce primitif établissement de chercheurs d'or, était souvent poussée très loin, mais on avait beau dire et beau faire, jamais aucune expression mauvaise n'apparaissait sur la figure d'Ossailles, jamais aucune pensée méchante ne troublait son cœur honnête. C'est seulement lorsqu'il croyait qu'on voulait faire offense à son associé qu'on le voyait se départir de sa placidité habituelle ; alors, sa mâchoire inférieure s'avançait, menaçante, ses yeux bleus dardaient des éclairs courroucés, et cela en disait si long que les plus acharnés moqueurs s'empressaient de couper court à leurs boutades pour entamer une longue et grave dissertation sur la pluie et le beau temps.

— Le patron est en retard ce soir, murmura-t-il en se levant et en s'étirant de tous ses membres. Mince quel temps de chien ! Pas vrai, Blinky ?

Blinky était un hibou songeur et sage, dont le bien-être était un objet de sollicitude constante pour son maître qu'il contemplait en ce moment avec gravité du haut de la poutre sur laquelle il se tenait perché.

— C'est bien dommage que tu ne puisses pas parler, Blinky, poursuivit Abe en regardant son compagnon à plumes. Tu as toujours l'air de si bien comprendre. Et puis, je ne sais pas, tu as quelque chose d'un peu mélancolique, mon vieux. Tu auras été malheureux en amour dans le temps que tu étais jeune, sans doute. Tiens, à propos d'amour, ajouta-t-il, ça me fait penser que je n'ai pas vu Susan aujourd'hui.

Et, allumant un bout de bougie qui était fiché dans le goulot d'une bouteille noire posée sur la table, il traversa la pièce et se mit à étudier attentivement l'un des portraits que lui et son associé avaient découpés dans des journaux illustrés et qu'ils avaient collés aux murs.

Celui qu'il était en train d'examiner représentait une actrice vêtue d'un chatoyant costume et qui, un bouquet à la main, minaudait bêtement devant des spectateurs imaginaires. Cette photographie, pour des raisons qu'il serait malaisé de définir, avait causé une impression des plus vives sur le cœur sensible du mineur. Pour se la rendre plus familière sans doute, il l'avait, un beau jour, baptisée solennellement et à tout hasard Susan Banks et en avait fait son prototype de la beauté féminine.

— Vous voyez, ma Susan, avait-il coutume de dire lorsqu'un voyageur, venant de Buckhurst, ou même de Melbourne, lui décrivait les charmes de quelque blonde Circée rencontrée par lui dans l'une de ces villes. Elle n'a pas sa pareille, ma Sue. Si jamais vous retournez dans notre vieille Angleterre, demandez qu'on vous la fasse voir. C'est Susan Banks qu'elle s'appelle, et j'ai son portrait chez nous, à la cambuse.

Abe était encore en extase devant sa belle lorsque la porte grossière s'ouvrit avec violence. Une trombe d'eau et de grésil s'engouffra immédiatement dans la cabine, masquant presque, sur le moment, un jeune homme qui venait d'y faire irruption et qui maintenant s'efforçait de refermer la porte, chose assez difficile en raison de la tourmente. Avec l'eau qui ruisselait sur ses longs cheveux et retombait sur sa figure pâle, aux traits fins, on l'eût pris pour un dieu de la tempête.

– Eh bien, demanda-t-il d'un ton bourru, il n'y a donc rien à manger, ce soir ?

– Si fait ; le souper est là, tout prêt, lui répondit avec entrain son compagnon en indiquant du doigt une grosse marmite qui bouillait auprès du feu. Tu es plutôt mouillé, mon pauvre vieux.

– Mouillé ? gronda l'autre. Dis plutôt que je suis trempé comme une soupe. Il fait un temps à ne pas mettre un chien dehors… en tout cas pas un chien pour lequel on a un peu d'estime. Passe-moi ce paletot sec qui est accroché au clou, là-bas.

Jack Morgan, « le patron », comme on l'appelait communément, appartenait à une catégorie d'individus beaucoup plus répandue qu'on ne serait tenté de le supposer dans les mines, à cette époque où venait d'éclater pour la première fois la fièvre de l'or. C'était un garçon de bonne famille, qui avait reçu une éducation choisie et conquis tous ses grades universitaires.

Si les choses avaient suivi normalement leur cours, le patron serait sans doute devenu quelque pasteur zélé, ou quelque vaillant professeur acharné vers le but à atteindre ; mais le destin en avait décidé autrement – le destin, et aussi quelques particularités latentes de son caractère dont il avait hérité peut-être de son aïeul, le vieux Sir Henry Morgan, qui avait fondé la famille avec des pièces de huit courageusement conquises aux Espagnols sur les hautes mers.

C'est, à n'en point douter, ce sang aventurier qui bouillait dans ses veines qui l'avait décidé à prendre ce parti décisif : sauter une nuit par la fenêtre de la chambre qu'il occupait dans la cure du pasteur, son père, et abandonner parents et amis pour s'en aller tenter la chance dans les champs d'or australiens avec une pelle et une pioche.

Les rudes habitants de l'Écluse d'Harvey n'avaient pas tardé à s'apercevoir qu'en dépit de ses manières délicates et de sa figure efféminée, ce petit bonhomme était doué d'un courage tenace et d'une indomptable volonté, deux choses qui eurent le don de le faire respecter aussitôt dans cette communauté où l'énergie était considérée comme l'un des plus remarquables attributs de l'homme. Personne ne savait au juste à la suite de quelles circonstances il s'était associé avec Ossailles ; mais il est un fait certain, c'est qu'ils s'étaient associés, et que depuis lors, la bonne et simple nature du plus vigoureux n'avait cessé d'admirer avec une sorte de respect superstitieux l'esprit de décision et la clarté de raisonnement de son plus faible compagnon.

– À la bonne lettre ! cela va mieux, dit le patron, en se laissant tomber sur la chaise restée vacante devant le feu, et en regardant Abe disposer sur la table les deux assiettes de métal, avec les couteaux à manche de corne et les fourchettes exagérément pointues. Retire tes bottes de mine, Ossailles ; il est inutile de remplir la cabine de terre rouge. Là ! et maintenant viens t'asseoir ici.

Son géant d'associé s'approcha timidement et se percha sur le haut d'une barrique.

– Qu'est-ce qu'il y a ? interrogea-t-il.

– Ce qu'il y a ? il y a que les actions montent, mon vieux, lui répondit son compagnon en sortant un journal froissé de la poche du vêtement trempé d'où s'élevait un nuage de vapeur. Tiens, regarde. Voici la Buckhurst Sentinel. Lis cet article… il parle d'une hausse sur la mine de Conemara. Nous possédons un assez joli lot d'actions ! de cette affaire, mon garçon, et si nous les vendions aujourd'hui, j'estime que nous en retirerions un beau bénéfice. Mais il sera plus sage, je crois, d'attendre.

Pendant qu'il parlait ainsi, Abe Durton s'efforçait péniblement d'épeler l'article en question, suivant les lignes du bout de son gros index rugueux et marmottant les mots dans sa moustache jaune.

– Deux cents dollars par action, s'écria-t-il en relevant la tête. Mais dis donc, compagnon, nous en avons chacun cent actions à nous. Ça nous donnerait par conséquent vingt mille dollars ! Avec ça, on pourrait bien retourner au pays.

– Tais-toi donc ! protesta le patron. Nous ne sommes pas venus ici pour récolter seulement une misérable somme de vingt mille dollars. Tu verras que cela montera encore. Sinclair – tu sais, l'expert – a été visiter la mine, et il affirme qu'elle contient la couche de quartz la plus magnifique qu'il ait jamais vue. Il ne s'agit plus que de se procurer les machines nécessaires pour la briser.

Après cela il y eut, dans leur conversation, une longue pause, pendant laquelle ils écoutèrent le tumulte du vent qui hurlait et sifflait autour de la cabane étroite.

– Y a-t-il du nouveau à Buckhurst ? demanda enfin Abe en se levant pour aller retirer leur souper de la marmite.

– Pas grand'chose, lui répondit son compagnon. Joe Le Borgne a été tué d'un coup de revolver par Billy Reid, dans le magasin de Mc Farlane.

– Ah, soupira Abe d'un ton indifférent.

– Les bushrangers ont assiégé et pillé la station de Rochdale. Il paraît qu'ils se dirigent maintenant de ce côté-ci.

Le mineur, qui était occupé à verser du whisky dans le cruchon, laissa échapper un petit sifflement.

– C'est tout ? s'informa-t-il.

– Je ne me rappelle pas avoir appris autre chose de bien important, à part que les noirs ont tenté de s'insurger du côté de New Sterling, et que l'expert a acheté un piano et va faire venir sa fille de Melbourne pour l'installer dans la maison neuve qui fait face à la sienne, de l'autre côté de la route. Tu vois par là mon ami, que nous allons avoir de quoi nous distraire, ajouta-t-il en s'asseyant et en commençant à attaquer le plat qui était devant lui. Il paraît que c'est une beauté, mon vieux Ossailles.

– En tout cas, je suis bien sûr d'une chose, c'est que ma Sue pourra encore lui rendre des points sur ce chapitre-là, riposta l'autre.

Jack Morgan sourit en portant les yeux vers l'éblouissant portrait collé à la cloison de bois. Mais soudain, il lâcha son couteau et demeura immobile, l'oreille tendue. Au milieu du vacarme du vent et de la pluie, on distinguait un grondement sourd et prolongé qui n'était évidemment pas produit par les éléments.

Les deux hommes coururent à la porte et regardèrent anxieusement parmi les ténèbres du dehors. Au loin, sur la route de Buckhurst, ils virent une lueur qui avançait. Le grondement sourd, lui aussi, se rapprochait de plus en plus.

– C'est une voiture qui vient par ici, affirma Abe.

– Où va-t-elle ?

– Sais pas. Elle va probablement passer le gué.

– Le gué ? Mais tu n'y songes pas, voyons ! Le gué doit avoir six pieds de profondeur avec le temps qu'il fait, et je suis sûr que le courant est formidable.

La lumière, suivant rapidement la courbe de la route, était devenue toute proche, et l'on distinguait nettement le galop des chevaux et le fracas des roues, qui, à en juger par le bruit, devaient aller à une allure désordonnée.

– Nom de nom, mais les chevaux sont emballés !

– Sale histoire pour celui qui est dans la voiture.

Il y avait chez les habitants de l'Écluse d'Harvey un grossier individualisme, en vertu duquel chacun devait supporter le poids de ses propres malheurs, mais ne témoignait en revanche que peu de pitié à l'égard de ceux de ses voisins. Le sentiment qui dominait surtout chez ces deux hommes tandis qu'ils observaient les feux agités des lanternes dans leur course folle n'était à vrai dire qu'un sentiment de curiosité.

– S'il ne les arrête pas avant d'arriver au gué, il est flambé, constata Abe avec résignation.

Soudain, il se produisit une courte accalmie au milieu de la tempête.

Cela ne dura qu'un instant, mais dans cet instant le vent apporta aux oreilles des deux hommes un long cri qui les fit tressaillir et s'entreregarder, puis dévaler comme des fous la pente abrupte qui conduisait à la route en contre-bas.

– Une femme, par Dieu ! haleta Durton, insouciant du péril qu'il courait lui-même en sautant par dessus le trou béant d'un puits de mine.

Morgan était le plus léger et le plus agile. Aussi ne tarda-t-il pas à prendre les devants sur son robuste compagnon. Une minute après, essoufflé, nu-tête, il était déjà debout au milieu de la route boueuse et molle, tandis que son compagnon descendait encore la pente avec difficulté.

La voiture était à présent tout près de lui. Dans la lumière des lanternes, il discernait les maigres chevaux australiens qui, terrifiés par l'ouragan et par le bruit de leur propre galopade, dévalaient ventre à terre la côte rapide conduisant au gué. Sans doute le conducteur aperçut-il la figure pâle et résolue qui s'était plantée en travers de son chemin, car il cria quelques mots d'avertissement inintelligibles et tenta un suprême effort pour arrêter son attelage. Il y eut un grand cri, un juron, un grincement sinistre, et Abe, accourant à toutes jambes, arriva juste à temps pour voir deux chevaux furieux et affolés qui se cabraient en l'air, enlevant de terre une mince silhouette cramponnée à leurs brides. Le patron, avec cette prodigieuse adresse à calculer son coup qui avait fait de lui le plus parfait cricketer de sa génération, avait, sans une seconde d'hésitation, empoigné les brides au-dessous du mors et s'y était, maintenu agrippé avec une muette ténacité. Au bout d'un instant, comme les chevaux abaissaient subitement la tête, il retomba avec un bruit mat sur la route, mais lorsque les deux bêtes hennissantes voulurent se ruer à nouveau en avant, elles s'aperçurent que l'homme qui avait glissé sous leurs sabots de devant n'avait quand même pas lâché prise.

– Tiens-les, Ossailles, s'écria-t-il tandis que le géant s'élançait à son aide et empoignait les rênes.

– Ça va, mon vieux, je les tiens, répondit ce dernier en maintenant solidement les chevaux qui, se voyant enfin domptés, se calmaient peu à peu.

– Relève-toi, Patron, il n'y a plus de danger.

Mais le pauvre Patron, gémissant de douleur, restait étendu dans la boue.

– Je ne peux pas, mon pauvre Ossailles, répliqua-t-il d'une voix entrecoupée. J'ai dû me démancher quelque chose, mon vieux, mais ne t'effraie pas, va ; ça se remettra. Donne-moi la main pour m'aider à me relever.

Abe se pencha avec tendresse sur son compagnon blessé. Il constata qu'il était très pâle et respirait avec peine.

– Courage, mon vieux Patron, murmura-t-il. Oh ! Oh ! mazette !

Ces deux dernières exclamations jaillirent spontanément de la bouche du brave mineur comme si quelque force irrésistible les lui avait arrachées, et la stupeur où le plongeait ce qu'il venait de voir était si grande qu'il recula de deux pas.

Là, de l'autre côté de son compagnon tombé, et à demi-masquée par les ténèbres de cette nuit terrible, se dressait une vision si délicieusement belle que jamais le pauvre Abe Durton, pendant tout le cours de sa simple existence, n'en avait rencontrée de pareille. Pour des yeux habitués, comme les siens, à ne jamais rien contempler de plus séduisant que les figures grossières et les barbes incultes des mineurs de l'Écluse, ce visage si délicat et si frais ne semblait pouvoir appartenir qu'à un angélique messager d'un monde meilleur. Il ne faut donc pas s'étonner si Abe resta pétrifié de surprise et fut saisi d'un tel émerveillement respectueux qu'il alla jusqu'à en oublier, pour le moment, son ami blessé qui gisait sur le sol.

– Oh, papa, s'écria l'apparition, avec un accent plein d'émotion, il est blessé…

Et, dans un mouvement spontané et très féminin, elle pencha son corps souple vers l'infortuné Patron Morgan.

– Tiens… mais c'est Abe Durton et son associé, s'écria tout à coup, en s'avançant, le conducteur de la voiture, qui n'était autre que M. Joshua Sinclair, l'expert des mines. En vérité, mes enfants, je ne sais comment vous exprimer ma reconnaissance. Les maudites bêtes avaient pris le mors aux dents, et sans votre intervention providentielle, j'en aurais été réduit, un instant plus tard, à jeter Carrie à bas de la voiture et à m'en remettre ensuite à la grâce de Dieu. À la bonne heure, ajouta-t-il en voyant Morgan se relever. Vous n'êtes pas grièvement blessé, j'espère ?

– Oh, je vais pouvoir regagner la cabane, à présent, répondit le jeune homme en s'appuyant sur l'épaule de son associé. Mais vous, comment allez-vous conduire Mlle Sinclair chez elle ?

– Oh, nous irons bien à pied, assura la jeune fille en se secouant pour dissiper sa frayeur.

– Nous pouvons remonter en voiture et prendre la route qui longe la rive, de manière à éviter le gué, lui dit son père. Les chevaux ont l'air assez calmes à présent ; n'aie pas peur, Carrie. Et quant à vous, mes amis, j'espère que vous viendrez nous voir. Nous ne sommes pas près d'oublier le service que vous nous avez rendu.

La jeune fille ne dit rien, mais elle laissa échapper de dessous ses longs cils un petit coup d'œil modeste et reconnaissant qui impressionna vivement Abe Durton. Pour en mériter un pareil, le brave mineur n'aurait pas hésité à barrer le passage à une locomotive emballée.

On se souhaita gaiement la bonne nuit de part et d'autre, M. Sinclair fit claquer son fouet, et la voiture disparut dans les ténèbres.

– Dis donc, papa, tu m'avais raconté que ces gens-là n'étaient que des brutes, murmura Mlle Carie Sinclair, après un long silence, lorsque les silhouettes sombres des deux hommes se furent effacées dans l'obscurité, et tandis que la voiture poursuivait allègrement son chemin sur le rivage du cours d'eau tumultueux. Pour ma part, je n'en crois rien, et je les trouve même très gentils.

Et pendant tout le reste du trajet, Carrie demeura plongée dans un recueillement insolite : on aurait même dit qu'il lui en coûtait moins, à présent, d'avoir été forcée d'abandonner sa bonne amie Amelia, restée en pension à Melbourne.

Cela ne l'empêcha point, le soir même, d'écrire à cette jeune personne une longue lettre dans laquelle elle lui faisait un récit véridique et circonstancié de leur mésaventure.

« Figure-toi, ma chérie, qu'ils ont réussi à arrêter les chevaux emportés. Seulement l'un de ces deux pauvres garçons a été blessé. Oh, Amy, j'aurais voulu que tu voies l'autre, avec sa chemise rouge et son revolver à la ceinture ! Je n'ai pas pu m'empêcher de penser à toi, ma petite. C'était exactement le type d'homme que tu préfères. Tu te souviens : une moustache blonde et de grands yeux bleus. Et ce qu'il m'a regardée ! Ah, pauvre moi ! Tu peux m'en croire, Amy, on ne voit jamais d'hommes de cette trempe dans Burke Street. »

Et ainsi de suite, durant quatre pages de babillage.

Pendant ce temps, le malheureux Patron, encore très ébranlé, mais solidement soutenu par son compagnon, avait réussi à regagner la cabane.

Abe le soigna selon les primitives formules en usage dans le camp, et lui banda son bras démis. Tous deux peu causeurs, ils ne firent aucune allusion à ce qui s'était passé.

Quiconque, après un voyage, serait rentré dans la bourgade de l'Écluse d'Harvey peu de temps après l'arrivée de Mlle Carrie Sinclair, aurait certainement observé des modifications importantes dans les us et coutumes de ses habitants. Provenaient-elles de l'influence civilisatrice apportée par la présence d'une femme, ou bien d'un esprit d'émulation suscité par la mise recherchée d'Abe Durton ? C'est ce qu'il serait assez difficile de décider.

Dans tous les cas, il est un fait certain, c'est que ce jeune homme manifesta subitement de tels goûts de propreté et un respect si prononcé pour la bienséance que tous ses compagnons s'en étonnèrent d'abord et le tournèrent en ridicule ensuite. Que le Patron Morgan se montrât toujours vêtu d'une façon correcte, c'est une chose que l'on était depuis longtemps habitué à considérer comme un phénomène bizarre et inexplicable, résultant de son éducation première ; mais que ce brave type bonasse et dégingandé d'Ossailles s'affublât d'une chemise propre, cela devenait une insulte directe et préméditée pour tous les citoyens crasseux de l'Écluse d'Harvey. La riposte ne se fit pas attendre : ce fut un astiquage général après les heures de travail, et il se fit une telle consommation de savon que cette denrée ne tarda pas à atteindre un prix exorbitant, et que l'on fut obligé d'en faire venir une commande du dépôt de Mc Farlane à Buckhurst.

Une autre chose encore aurait frappé notre voyageur à son retour : c'est le changement qui s'était également opéré dans les conversations.

Dès qu'un certain coquet petit chapeau encadrant une douce figure de jeune fille faisait au loin son apparition parmi les puits abandonnés et les monceaux de terre rouge qui défiguraient les flancs de la vallée, on entendait un murmure d'avertissement passer de groupe en groupe, et tout de suite, comme par un coup de baguette magique, se dissipait l'atmosphère de blasphèmes qui était celle au milieu de laquelle, j'ai le regret de le dire, on était accoutumé de vivre à l'Écluse d'Harvey. Pour ces choses-là, il n'est que le premier pas qui coûte, et il est à remarquer que longtemps après que Mlle Sinclair était passée, les propos demeuraient beaucoup moins grossiers. Ces hommes s'apercevaient que leur vocabulaire était moins restreint qu'ils ne le supposaient, et que ce n'est pas toujours les mots les plus malsonnants qui expriment le mieux ce que l'on veut dire.

On avait toujours considéré jusqu'alors Abe Durton comme l'un des mineurs de la colonie les plus expérimentés et les plus habiles à estimer la valeur d'un filon. On l'avait toujours jugé capable d'apprécier avec une remarquable exactitude la quantité d'or que renfermait un fragment de quartz. C'était pourtant bien à tort, sans doute, car autrement il se serait à coup sûr évité des frais inutiles, au lieu de faire expertiser, comme cela lui arrivait si souvent maintenant, tant de spécimens sans valeur. M. Joshua Sinclair se vit inondé d'un tel déluge de fragments de mica et de morceaux de rocher renfermant un pourcentage infinitésimal de métal précieux qu'il en arriva à avoir une très piètre opinion des capacités minières du jeune homme.

Dans tous les cas, ce qu'il y a de sûr, c'est que grâce à ses visites commerciales, le matin et à ses visites de convenances, le soir, la haute stature du mineur devint bientôt familière dans le petit salon de la Villa des Azalées, comme avait été nommée la nouvelle maison de l'expert.

Lorsque la jeune fille se trouvait là, c'est à peine s'il osait ouvrir la bouche pour parler, et il se contentait de rester assis sur le bord de sa chaise, absorbé dans une muette admiration, tandis qu'elle jouait quelque morceau sur le piano qu'on venait de lui amener. Ses pieds prenaient toujours les positions les plus étranges et les plus imprévues, à tel point que Mlle Carrie en était arrivée à ne plus les envisager comme une partie intégrante de son corps, et à ne plus s'émouvoir lorsqu'il les lui fallait enjamber d'un côté de la table alors que celui auquel ils appartenaient se répandait en excuses de l'autre.

Un seul nuage assombrissait les radieuses espérances du brave Ossailles, c'était chaque fois que revenait Tom Ferguson le Noir, du Gué de Rochdale. Ce jeune drôle, qui était fort loin d'être bête, avait réussi à se gagner les bonnes grâces du vieux Joshua, et faisait de fréquentes visites à la villa. À vrai dire, ce Tom le Noir ne jouissait pas d'une réputation bien fameuse. On le savait joueur et on le soupçonnait fort d'être pire. Les habitants de l'Écluse d'Harvey n'étaient pas gens austères, Dieu le sait, et pourtant ils avaient tous l'impression que Ferguson n'était pas un homme à fréquenter. Néanmoins, il avait des manières désinvoltes et une conversation brillante qui séduisaient dès le premier abord et qui décidèrent le Patron, pourtant assez difficile sur ce chapitre, à nouer connaissance avec lui, tout en l'estimant à sa juste valeur.

On aurait dit que c'était pour Mlle Carrie un véritable soulagement lorsqu'elle le voyait revenir, et elle causait avec lui pendant des heures entières à propos de livres, de musique et des distractions de Melbourne. C'est dans ces moments-là que le pauvre et simple Ossailles se sentait envahi par un insurmontable découragement, et tantôt il s'esquivait comme un voleur, tantôt il demeurait immobile à sa place, fixant son rival d'un œil rancunier qui paraissait beaucoup le divertir.

Le mineur ne cherchait nullement à dissimuler à son ennemi l'admiration que lui inspirait Mlle Sinclair. S'il demeurait incapable de rien dire quand il était près d'elle, il avait vite fait, par contre, de retrouver sa langue pour en parler.

Pour le reste, confiant dans l'intelligence supérieure du Patron. Abe Durton lui exposait fréquemment ses inquiétudes.

– Cet abruti de Rochdale, dit-il un jour tristement, il vous débite ça tout de go, sans avoir l'air d'y toucher, tandis que moi, j'ai beau me creuser la cervelle, je ne trouve pas un seul mot à dire. Voyons, Patron, si tu étais à ma place, qu'est-ce que tu raconterais bien à une jeune fille comme Mlle Sinclair ?

– Ce que je lui raconterai ? Mon Dieu, je ne sais pas, lui répondit son compagnon. Je tacherais d'imaginer quelque chose qui puisse l'intéresser.

– C'est justement ce que je cherche aussi, seulement voilà, je ne trouve pas.

– Eh bien, explique-lui, par exemple, quels sont les usages et les coutumes du pays, repartit le patron en tirant rêveusement de grosses bouffées de sa pipe. Raconte-lui des anecdotes sur ce que tu as vu dans les mines, ça la distraira.

– Bien vrai ? C'est ça que tu ferais, toi ? s'écria son compagnon qui se sentait renaître à l'espoir. Mais alors, mon vieux, je suis bon. La prochaine fois que je la rencontre, je lui parle de Chicago Bill, et je lui raconte comment il a mis deux balles dans la peau de l'homme.

Le Patron Morgan éclata de rire.

– Ah non, non, mon garçon, ne t'avise pas de cela, répliqua-t-il. Tu ne réussirais qu'à l'épouvanter en lui narrant une pareille histoire. Parle-lui de quelque chose de plus gai, que diable ! quelque chose qui l'amuse, quelque chose de drôle.

– Quelque chose de drôle ? répliqua l'amoureux inquiet, d'une voix moins assurée. Alors faut-il lui dire comment nous avons saoulé tous les deux Max Houlahan et comment nous l'avons enfermé dans la chaire de la chapelle anabaptiste,… même que le lendemain matin, il ne voulait pas laisser entrer le prédicateur. Hein, qu'en dis-tu ?

– Garde-toi bien de jamais faire allusion à cela ! protesta son mentor avec consternation. Elle serait tellement scandalisée qu'elle ne voudrait plus jamais t'adresser la parole. Non, vois-tu, ce qu'il faut que tu lui expliques, ce sont les habitudes des mines, la façon dont les hommes y vivent, y travaillent et y meurent. Si c'est une jeune fille d'un peu de bon sens, cela l'intéressera certainement.

– La vie qu'on mène dans les mines ? Ah, Patron, que tu es bon de m'avoir dit ça. Comment qu'on vit ? Dame, pour ce qui est de ça, ça me connaît plutôt, et je me charge d'en débiter aussi long là-d'ssus que Tom le Noir. C'est entendu, à la première occasion, je suivrai ton conseil.

– À propos, ajouta négligemment son associé, tâche de le tenir un peu à l'œil, ce Ferguson. Il n'a pas la conscience très nette, je crois, et c'est un individu qui ne doit reculer devant rien quand il se propose d'atteindre son but. Tu te souviens comment Dick Williams, d'Englich Town, a été retrouvé mort dans la brousse. Naturellement, on a dit que c'étaient les bushrangers qui avaient fait le coup, mais n'empêche que Tom le Noir lui devait beaucoup plus d'argent qu'il ne lui en aurait jamais pu payer. D'ailleurs, ce n'est pas la première fois qu'il se trouve mêlé à de louches aventures. Donc, attention, Abe ! Surveille-le de près.

– Compte sur moi, repartit son compagnon.

Et le brave Ossailles tint parole. Le soir même, il était embusqué pour épier les allées et venues de son rival. C'est ainsi qu'il le vit sortir de la maison de l'expert avec une expression rageuse où se lisait clairement qu'il venait d'être blessé dans son orgueil. C'est ainsi également qu'il le vit franchir d'un bond la barrière du jardin, descendre le flanc du coteau à longues et rapides enjambées, en gesticulant comme un forcené, et disparaître au loin dans la brousse. Toutes ces choses, le brave Ossailles les nota avec soin et les casa dans un coin de sa mémoire ; puis, la mine pensive, il l'alluma sa pipe et reprit le chemin de sa cabane.

Le mois de mars touchait à sa fin. La lumière crue et la chaleur torride de l'été, si cruelles aux antipodes, avaient commencé à préparer partout le décor fastueux et imposant de l'automne. À aucune époque de l'année, l'Écluse d'Harvey n'était, à vrai dire, plaisante à voir. Il y avait toujours quelque chose d'un prosaïsme désespérant dans ces deux coteaux dénudés et rocailleux, tout meurtris et déchiquetés par la main de l'homme, tout hérissés par les bras de fer des treuils et les vieux seaux défoncés éparpillés sur leurs interminables monticules de terre rouge. Dans le milieu, reconnaissable à ses ornières profondes, la route de Buckhurst courait le long de l'indolent cours d'eau et le franchissait à l'aide d'un pont de bois croulant, à la hauteur de la Crique de Harper.

Au delà du pont se groupaient les pauvres et humbles baraquements en bois que le Bar Colonial et l'Épicerie écrasaient de toute la dignité de leurs façades blanchies à la chaux. L'habitation de l'expert, entourée de sa véranda, se dressait à flanc de coteau, juste au-dessus des ravins et presque en face du branlant édifice dont notre ami Abe était si fier.

Il y avait encore un autre bâtiment qui aurait pu, à la rigueur, entrer dans la catégorie de ce qu'un habitant de l'Écluse, aurait qualifié d' « édifice public ». C'était la chapelle anabaptiste, modeste petit bâtiment, situé sur la courbe de la rivière, à environ un mille au-dessus du campement.

C'est de cet endroit que la bourgade se présentait sous son aspect le plus favorable, parce que les durs contours et les criardes couleurs en étaient quelque peu atténuées par la distance.

Ce matin-là, la rivière, promenant ses méandres capricieux à travers la vallée, était vraiment jolie ; jolis aussi les escarpements qui s'élevaient derrière elle, avec leur tapis de hautes herbes vertes et luxuriantes ; mais, plus jolie que tout le paysage encore, Mlle Sinclair, lorsqu'elle déposa le panier de fougères qu'elle portait à son bras et s'arrêta sur le sommet de l'élévation de terrain où elle était parvenue.

Mais qu'avait donc la jeune fille aujourd'hui ? Que signifiait donc cette expression inquiète qu'avait son visage et qui contrastait si fort avec son habituelle et charmante insouciance ? On devinait qu'une contrariété récente avait laissé sur elle son empreinte, et c'est peut-être dans l'espoir de la dissiper qu'elle se promenait ainsi à l'aventure dans la vallée, car à la voir humer la brise fraîche qui venait des bois, on eût dit qu'elle cherchait dans les résineux parfums un antidote contre une humaine douleur.

Pendant quelque temps, elle demeura immobile à la même place, les yeux fixés sur le paysage qui se déroulait devant elle. Ce qu'elle regardait, c'était la maison de son père, piquée comme un point blanc sur le flanc de la colline, mais ce qui, en réalité, paraissait le plus captiver son attention, c'était le mince filet de fumée bleue qui montait de la pente opposée. Et une lueur pensive brillait au fond de ses yeux bruns.

Soudain, elle parut avoir conscience de l'isolement dans lequel elle se trouvait, et elle ressentit un de ces passagers accès de terreur irraisonnée auxquelles sont sujettes les femmes même les plus braves. Des récits qu'on lui avait faits sur les indigènes et les bushrangers, leur audace et leur cruauté lui revinrent brusquement à la mémoire. Elle se prit à considérer la vaste étendue mystérieuse et muette de la brousse qui l'environnait, et, déjà, elle se baissait pour ramasser son panier, avec l'intention de rentrer au plus vite, quand tout à coup, s'étant retournée, elle tressaillit et laissa échapper un cri d'effroi en voyant surgir derrière elle un long bras couvert de flanelle rouge, qui lui retira son panier des mains.

L'aspect que présentait celui qui venait de l'accoster si brutalement n'avait, somme toute, rien de rassurant non plus. Mais les hautes bottes, la chemise grossière et la large ceinture avec ses armes redoutables étaient choses trop familières à Mlle Carrie pour lui inspirer de l'épouvante ; et quand, par dessus tout cela, elle rencontra une paire d'yeux bleus très tendres qui la regardaient et un sourire timide qui se dissimulait sous une épaisse moustache jaune, elle retrouva toute sa sérénité, sachant bien qu'au contraire elle n'avait plus à avoir peur désormais et que pendant tout le reste de sa promenade elle serait jalousement gardée contre les noirs et les bushrangers.

– Oh, monsieur Durton ! s'exclama-t-elle. Comme vous m'avez fait peur.

– Je vous demande pardon, mademoiselle, répondit Abe, déjà tout tremblant à l'idée qu'il avait pu causer une minute de désagrément à son idole. Mais, comprenez-vous, poursuivit-il avec une ruse naïve, voyant qu'il faisait beau et que mon associé était parti à la découverte d'un nouveau filon, l'idée m'est venue de monter à la colline de Hagley pour revenir ensuite par la courbe, et ne voilà-t-il pas qu'un hasard me fait tout à coup vous rencontrer là, juste devant moi.

Ce mensonge stupéfiant fut débité avec une éloquence et un élan de sincérité exagérée qui donnèrent clairement à entendre qu'il inventait cette histoire de toutes pièces. C'est en suivant à la piste, sur le sol humide, les pas de la jeune fille qu'Ossailles l'avait conçue et préparée, persuadé qu'il allait faire preuve d'une fourberie sans nom.

Mlle Carrie ne formula aucune observation, mais ses yeux brillèrent d'un éclat un peu moqueur, qui intrigua fort son amoureux.

Abe, ce matin-là, était positivement radieux. C'était peut-être le soleil ou la rapidité avec laquelle avaient monté les actions de Conemara qui lui rendait le cœur si léger ; et pourtant, je serais plutôt porté à croire que cela ne tenait ni à l'une ni à l'autre de ces raisons. Car Abe avait beau être naïf, il n'y avait pas trente-six façons d'interpréter la scène dont il avait été témoin la veille au soir. Il imaginait ce que cela aurait été pour lui, s'il lui avait fallu partir comme un fou par la vallée en des circonstances semblables, et malgré lui, il prenait en pitié son rival. Un fait semblait définitivement acquis, c'est que désormais l'on ne reverrait jamais plus dans la Villa des Azalées la sinistre figure de M. Thomas Ferguson, du Gué de Rochdale. Dès lors, pourquoi Mlle Sinclair l'avait-elle repoussé ? Il était beau, il avait une fortune assez rondelette. Se pourrait-il donc ?… Non, c'était impossible ; naturellement c'était impossible ; comment supposer un seul instant une chose pareille ? C'était ridicule, mais si ridicule qu'elle fût, cette idée n'en avait pas moins fermenté toute la nuit dans l'esprit fiévreux du jeune homme, à tel point qu'il n'avait pu se retenir d'y réfléchir le matin.

Ils descendirent ensemble le rouge sentier jusqu'au bord de la rivière. Abe était retombé dans sa taciturnité habituelle. Sous l'influence du panier qu'il tenait à la main, il avait tenté un vaillant effort pour entretenir la conversation sur le chapitre des fougères, mais c'était en somme un sujet peu fertile, de sorte qu'après s'être vainement débattu pendant quelques instants, il s'était vu contraint d'y renoncer. Tout le long du chemin, en venant, une foule d'anecdotes amusantes et de réflexions drôles lui avaient trotté la cervelle. Il avait imaginé une véritable séquelle d'histoires plaisantes qu'il déverserait dans les oreilles charmées de Mlle Sinclair. Mais, depuis qu'il était près d'elle, on aurait cru que son cerveau s'était vidé d'un seul coup, et il se sentait incapable de trouver une idée quelconque, à part cette impulsion stupide et irrésistible qu'il éprouvait de constater que le soleil répandait une chaleur torride.

Tout à coup, il repensa à l'entretien qu'il avait eu avec son associé. Que lui avait donc conseillé le Patron à ce sujet ? « Raconte-lui la vie qu'on mène dans les mines. » Il ressassa cette pensée dans sa tête. L'idée de converser sur un tel sujet lui paraissait positivement cocasse ; mais enfin, c'était le Patron qui lui avait recommandé cela, et le Patron ne se trompait jamais. Alors, il prit son courage à deux mains, toussa pour s'éclaircir la voix et commença en bafouillant un peu ;

– Ils se nourrissent surtout avec du lard et des haricots, dans la vallée.

Il lui fut impossible de juger de l'effet que cette remarque produisit sur sa compagne, car il était trop grand pour pouvoir regarder sous son petit chapeau de paille. Voyant qu'elle ne répondait pas, il lança un autre ballon d'essai :

– Le dimanche, c'est du mouton qu'ils mangent, déclara-t-il.

Mais, hélas, il n'obtint pas plus de succès que la première fois. Parole d'honneur, on aurait même dit que cela la faisait rire. Incontestablement, le Patron était dans l'erreur, et le malheureux jeune homme commençait à désespérer, quand la vue d'une cabane en ruines, sur le bord de la route, lui suggéra une nouvelle inspiration.

– C'est Jack le Cokney qui avait bâti ça, dit-il, et il y a vécu jusqu'à sa mort.

– De quoi donc est-il mort ? interrogea la jeune fille.

– D'avoir trop lampé de cognac trois-étoiles, répliqua Abe sans hésiter. Quand il est tombé malade, je suis venu souvent passer la nuit auprès de lui. Pauvre diable ! il avait une femme et deux enfants là-bas, à Putney. Il délirait pendant des heures entières et m'appelait Polly, croyant que j'étais sa femme. Il était complètement fauché, il ne lui restait pas un liard ; mais les compagnons ont organisé une collecte, et on a ramassé assez d'or rouge pour lui permettre de se soigner. Il est enterré là, dans ce puits que vous voyez. C'était le sien ; alors, on l'a tout bonnement descendu dedans, et puis on l'a comblé.

Mlle Carrie semblait, à présent, s'intéresser davantage à ce qu'il lui racontait.

– Est-ce qu'il en meurt souvent ainsi ? questionna-t-elle.

– Dame, l'eau-de-vie en tire pas mal ; mais il y en a encore plus qui se font descendre... qui sont tués d'un coup de revolver, quoi.

– Vous ne comprenez pas ce que je vous demande. Je voulais savoir s'il y en a beaucoup qui meurent comme cela tout seuls et dans la misère, sans personne pour s'occuper d'eux ?

Et tendant sa petite main vers les baraquements qui étaient au-dessous d'eux, elle ajouta :

– Dire qu'il y en a peut-être un, là, qui est en train de mourir comme cela en ce moment ! Oh ! c'est atroce !

– Ma foi, pour le quart d'heure, je ne connais personne qui soit sur le point de « claquer », mam'zelle.

– Vous devriez bien parler un peu moins argot, monsieur Durton, dit Carrie en levant vers lui ses yeux violets. Vous savez bien que ce n'est pas poli, poursuivit-elle. Vous n'avez qu'à prendre un dictionnaire et à apprendre les mots convenables.

– Ah, ça, c'est vrai, s'excusa Ossailles. Seulement, le tout, c'est de tomber sur le mot juste. Quand on n'a pas de perforeuse à vapeur, on est bien forcé de se servir d'une pioche.

– D'accord ; mais si vous vouliez vous en donner la peine, vous verriez que ce n'est pas si difficile que vous croyez. Ainsi, en ce moment, vous n'auriez qu'à dire qu'un homme est « mourant » ou bien qu'il est « moribond », au lieu de ce vilain mot dont vous vous êtes servi.

– C'est ça ! s'écria le mineur avec enthousiasme. « Moribond ! » Ça, au moins, c'est un mot. Ma parole, vous rendriez des points au Patron Morgan pour ce qui est de bien parler. « Moribond ! » Ce que ça sonne bien, tout de même !

Carrie éclata de rire.

– Il ne s'agit pas de savoir si un mot sonne bien ou mal, il s'agit de savoir s'il exprime ce que vous voulez dire. Mais parlons sérieusement, monsieur Durton ; si jamais quelqu'un de vos compagnons tombait malade, voyez-vous, il faudrait me prévenir. Je suis bonne infirmière, et je pourrais me rendre utile. C'est promis, n'est-ce pas ?

Abe acquiesça sans se faire prier et retomba dans un profond silence, occupé qu'il était à réfléchir comment il pourrait bien s'y prendre pour s'inoculer à lui-même quelque longue et épuisante maladie. Le bruit courait qu'il y avait un chien enragé du côté de Buckhurst. Qui sait ? À l'occasion, il pourrait peut-être en tâter.

– Et maintenant, il faut que je vous dise au revoir, reprit Carrie, car ils atteignaient l'endroit où un autre sentier tortueux se séparait du leur pour conduire à la Villa des Azalées. Merci mille fois de m'avoir accompagnée jusqu'ici.

En vain Abe implora-t-il la faveur de faire encore à ses côtés les quelque cent mètres qu'il lui restait à parcourir pour être chez elle, invoquant comme suprême argument le poids excessif du panier, pourtant bien minuscule. Elle ne l'avait que trop écarté de son chemin déjà assurait-elle ; elle avait honte d'avoir abusé de lui de la sorte, et elle ne souffrirait, pas qu'il fît un pas de plus.

Le pauvre Ossailles se résigna donc à la quitter. Des sentiments très divers le partageaient. Il avait réussi à l'intéresser. Elle lui avait parlé avec amabilité. Seulement, d'autre part, elle l'avait congédié plus tôt qu'il n'était nécessaire, et pour avoir agi ainsi, il fallait donc qu'elle ne se souciât guère de lui. Pauvre nigaud : Sans doute aurait-il été plus joyeux s'il avait pu voir quelle expression amoureuse avait le minois fripon de Mlle Carrie Sinclair, arrêtée à la barrière de son jardin pour le regarder s'éloigner, et quel malicieux sourire y avaient fait naître sa mine abattue.

Le Bar Colonial était le rendez-vous préféré des habitants de l'Écluse de Harvey à leurs heures de repos.

Bien que chacun eût le droit de se pavaner dans le Bar proprement dit et de goûter le parfait bien-être au milieu de ses flacons multicolores, on s'accordait tacitement à penser que le fumoir, ou salon particulier, devait être réservé aux citoyens les plus en vue. C'est dans ce salon que se réunissaient les comités, que s'élaboraient et se constituaient les compagnies d'exploitation, et que se tenaient en général les enquêtes policières. À l'époque dont je parle – c'est-à-dire en 1861 – ces dernières étaient, hélas ! cérémonies assez fréquentes à l'Écluse ; et les découvertes que faisait là le coroner avaient parfois un caractère d'originalité tout spécial. Je n'en veux pour preuve que ce qui advint lorsque Burke la Brute, un gredin de la pire espèce, fut abattu d'un coup de revolver par un jeune et pacifique étudiant en médecine ; le jury, sympathique à l'égard de l'accusé, rendit un verdict assez imprévu, disant « que le défunt était mort pour avoir commis l'imprudence de vouloir arrêter une balle en marche », verdict que l'on envisagea dans le camp comme un véritable triomphe de jurisprudence, puisqu'il trouvait moyen d'acquitter le coupable tout en respectant l'austère et indéniable vérité.

Ce soir-là, et bien qu'aucun drame de ce genre ne les eût appelés à se réunir, la plupart des hauts personnages de l'Écluse d'Harvey s'étaient donnés rendez-vous dans le fumoir du Bar Colonial. Il s'était en effet produit depuis peu bien des changements qui méritaient d'être discutés. La crise de propreté qui avait récemment bouleversé la population faisait encore travailler bien des cervelles. Puis, il y avait encore Mlle Sinclair et ses allées et venues à propos desquelles chacun voulait dire son mot, sans compter la hausse qui était survenue sur les mines de Conemara et les bruits qui couraient depuis quelque temps sur les bushrangers.

En ce moment, c'étaient les bushrangers qui faisaient les frais de la conversation. Depuis plusieurs jours, diverses rumeurs signalaient leur présence dans les parages, et une certaine inquiétude s'était répandue dans la colonie. Non pas qu'aucun danger personnel effrayât les habitants de l'Écluse d'Harvey. Ces rudes mineurs n'étaient pas hommes, en effet, à se laisser intimider pour si peu et, le cas échéant, ils seraient au contraire partis en guerre contre les bandits avec un aussi bel entrain que s'il s'était agi d'une simple partie de chasse au kangourou. Mais ce qui les préoccupait, c'est qu'il y avait actuellement dans la bourgade une quantité d'or fort importante, et tous étaient d'avis qu'il fallait avant tout faire le nécessaire pour que le fruit de leur labeur ne leur fût point ravi.

On décida d'envoyer des messages à Buckhurst pour réclamer autant d'hommes de troupe qu'il y en aurait de disponibles, et en attendant leur arrivée, de poster des sentinelles chaque soir dans la rue principale de l'Écluse.

Les appréhensions des mineurs furent encore accrues par la nouvelle qu'apporta ce jour-là Jim Struggles. Jim était d'un caractère ambitieux et entreprenant, et après avoir considéré en silence et avec dépit les piètres résultats qu'il avait obtenus pendant la semaine écoulée, il avait pris le parti de quitter l'Écluse d'Harvey et s'était engagé résolument dans les bois avec l'intention de sonder le terrain tout alentour dans l'espoir de découvrir quelque meilleur filon.

Or, voici, à l'en croire, ce qui lui était advenu. Il venait de s'asseoir sur le tronc d'un arbre tombé vers midi, pour casser la croûte, lorsque son oreille exercée discerna au loin un bruit de galop, et à peine avait-il eu le temps de se laisser glisser à bas de son arbre pour se cacher prudemment derrière, qu'une troupe de cavaliers débusqua de la brousse et passa à une portée de pierre de l'endroit où il se trouvait.

— Il y avait Bill Smeaton et Murphy Duff, raconta Struggles, nommant deux scélérats réputés, et il y en avait encore trois autres que je n'ai pu reconnaître. Ils ont pris la piste à droite, et ils avaient tous leur carabine à la main comme s'ils étaient sur le point de livrer une attaque.

Jim fut, ce soir-là, soumis à un interrogatoire en règle ; mais à toutes les questions qui lui furent posées, il répondit simplement en confirmant ses premières assertions et sans y ajouter aucun éclaircissement. À plusieurs reprises et à de longs intervalles, il recommença le récit qu'il avait déjà fait ; mais bien que les détails accessoires fussent parfois assez différents, les points principaux demeuraient toujours invariables. Décidément, la question commençait à prendre une grave tournure.

Quelques-uns, pourtant, manifestaient hautement leurs doutes sur l'existence réelle des bushrangers ; parmi ces incrédules se distinguait surtout un jeune homme qui était perché sur une barrique, au milieu de la pièce, et dont les opinions paraissaient avoir beaucoup de poids sur celles des autres. Nous avons déjà vu ces cheveux noirs et ondulés, cet œil terne et cette lèvre mince et cruelle, en la personne de Tom Ferguson le Noir, l'amoureux évincé de Mlle Sinclair. Il se signalait tout de suite entre ses compagnons par son paletot de tweed et par d'autres détails de toilette que l'on jugeait un peu efféminés et qui auraient plutôt nui à sa réputation si, comme l'associé d'Abe Durton, il n'avait donné à entendre qu'il voulait être considéré comme un paisible chercheur d'aventures. Ce soir-là, il faisait l'effet d'être quelque peu pris de boisson, chose rare de sa part et probablement imputable à sa récente déconvenue. Ce fut sur un ton presque farouche qu'il réfuta les déclarations de Jim Struggles.

— C'est toujours la même rengaine, — maugréa-t-il ; — il suffit qu'on rencontre quelques voyageurs dans la brousse, pour qu'immédiatement on vienne vous raconter qu'on a vu des bandits. Si quelqu'un avait vu Struggles dans ce bois cela aurait suffi pour engendrer la légende d'un bandit embusqué derrière un tronc d'arbre. Quant à reconnaître la physionomie de cavaliers passant au galop au milieu d'un bois épais… je trouve que c'est absolument impossible.

Struggles ne s'en obstina pas moins à protester de sa bonne foi, si bien que tous les arguments et les sarcasmes de son adversaire se heurtèrent à des affirmations inébranlables et flegmatiques. On remarqua, d'autre part, que Ferguson paraissait attacher à cette affaire une importance exagérée ; et à voir la façon dont il quittait à chaque instant son perchoir pour se mettre à arpenter fiévreusement la pièce, la mine farouche et renfrognée, on était tenté de croire qu'il était tourmenté aussi par je ne sais quelle grave préoccupation. Aussi fut-ce un véritable soulagement pour tout le monde quand, soudain, empoignant son chapeau et souhaitant d'un ton rogue le bonsoir à la compagnie, il quitta le fumoir et sortit dans la rue.

– Il a l'air joliment tracassé, – fit observer Mc Coy le Long.

– Ah ça, il n'a pourtant pas peur des bushrangers, celui-là ! – s'écria un autre gros bonnet, Joe Shamus, le principal actionnaire des mines d'El Dorado.

– Oh non, assurément, ce n'est pas un poltron, – repartit un autre. – Mais depuis deux ou trois jours ses allures sont plutôt bizarres. Ainsi on l'a vu faire de grandes excursions dans les bois sans ses outils… Et puis, il parait que la fille de l'expert l'a envoyé promener.

– Elle a rudement bien fait. Elle est trop gentille pour lui, – s'exclamèrent plusieurs voix.

— Ça me surprendrait beaucoup qu'il ne tente pas le coup encore une fois, – reprit Shamus – Quand il a quelque chose dans la tête, il ne l'a pas dans les pieds.

— Moi, je parierais plutôt en faveur d'Abe Durton, – opina Houlahan, un petit Irlandais barbu. – Il me paraît avoir tant de chances que je serais prêt à mettre sept contre quatre sur sa tête.

— Eh bien, mon pauvre vieux tu risquerais fort de perdre ton argent, – riposta un autre jeune mineur en riant. – Il faudra à la belle quelqu'un de plus intelligent que ce pauvre Ossailles.

— À propos, – demanda Mc Coy, – quelqu'un l'a-t-il vu aujourd'hui, Ossailles ?

— Je l'ai vu, moi, répondit le jeune mineur qui avait déjà parlé. – Il parcourait tout le campement à la recherche d'un dictionnaire... Sans doute qu'il voulait écrire une lettre.

— C'est vrai, et pour ma part, je l'ai vu en train de le lire, – ajouta Shamus. – Il est même venu me trouver tout exprès pour me dire qu'il avait d'emblée découvert quelque chose de fameux. Et il m'a fait voir un mot long comme le bras...

— Il doit-être riche à présent, ce veinard-là, – répliqua l'Irlandais.

— Dame, sûrement qu'il a dû faire son beurre. Il est propriétaire d'une centaine de pieds de la mine de Conemara, dont les actions montent de jour en jour. S'il vendait les siennes, il pourrait rentrer en Angleterre et se retirer des affaires.

— Oui, seulement il est à présumer qu'il ne voudrait pas y rentrer tout seul, dit un autre. Après tout, le vieux Joshua ne refuserait peut-être pas son consentement, du moment qu'il y a un pareil magot.

Je crois avoir déjà expliqué, au cours de ce récit, que Jim Struggles, le prospecter nomade, passait pour le plus joyeux farceur de la colonie. Ce n'est pas seulement par de simples boutades lancées à tort et à travers, mais par de réelles farces, longuement combinées et préparées à l'avance, que Jim s'était acquis cette réputation. L'aventure qui lui était arrivé le matin avait un peu ralenti le flot habituel de ses sarcasmes ; mais l'atmosphère de bonne camaraderie où il se retrouvait et les nombreuses libations auxquelles il s'adonna ne tardèrent pas à réveiller sa gaieté endormie. Depuis le départ de Ferguson, il ruminait un nouveau projet de plaisanterie qu'il s'empressa, dès qu'il eut fini de l'élaborer, de soumettre à ses compagnons toujours prêts à l'entendre.

– Dites donc, les enfants, – interrogea-t-il. – C'est quel jour, aujourd'hui.

– Le diable m'emporte si j'en sais quelque chose !

– Eh bien, je vais vous le dire, moi. C'est le premier avril. J'ai dans ma cabine un calendrier qui en fait foi.

– Eh bien ? Et après ? Quand ce serait le premier avril ? – questionnèrent plusieurs voix ?

– Eh bien, vous savez que c'est le jour où on fait les poissons d'Avril. Est-ce qu'on ne pourrait trouver une blague à faire à quelqu'un ? Est-ce qu'on ne pourrait pas profiter de ce jour-là pour se distraire un peu ? Tenez, il y a par exemple ce vieux Ossailles ; je vous parie que celui-là, on lui fera croire tout ce qu'on voudra. Si on l'envoyait chercher quelque chose qui ne se trouve nulle part. On le regarderait aller et venir et se démener… ce serait tordant, et il y aurait de quoi le blaguer pendant un mois, qu'est-ce que vous en dites ?

Il y eut un murmure d'assentiment général. Les distractions étaient si rares, à l'Écluse d'Harvey, que l'on y recueillait avec joie toute occasion de s'amuser, si piètre fût-elle, et plus elle renfermait de vulgarité, plus on l'appréciait, car il ne fallait pas demander à ces rudes mineurs de goûter des choses délicates et raffinées.

– Qu'est-ce que tu veux qu'on l'envoie chercher ? – interrogèrent ceux qui faisaient cercle autour de Jim.

Pendant un instant, celui-ci se prit à réfléchir.

Tout à coup, une inspiration lui traversa la cervelle, et partant d'un gros éclat de rire, il se mit à se frotter les mains.

– Eh bien, parle, parle ! – insistèrent les autres, avides de savoir.

– Écoutez-moi bien les enfants. On pourrait se servir de Mlle Sinclair. Vous me disiez qu'Abe en était fou. D'autre part, vous estimez qu'elle ne doit pas en pincer beaucoup pour lui. Alors, supposez que nous écrivions un mot à Ossailles… un mot qu'on lui enverrait ce soir.

– Et après ? – demanda Mc Coy.

– Eh bien, on lui ferait croire que ce mot-là a été écrit par elle, comprenez-vous ? On le signerait du nom de Mlle Sinclair. On y dirait par exemple qu'elle lui donne rendez-vous pour minuit dans son jardin. Il y courra, soyez-en sûrs, persuadé qu'elle veut se faire enlever par lui. Vous pouvez m'en croire, on se tordra, mes enfants ; ce sera la plus fameuse blague de toute l'année.

Tous s'esclaffèrent à qui mieux mieux. L'idée de ce brave Ossailles rêvassant dans le jardin de sa belle, et du vieux Joshua sortant de la villa, revolver au poing, pour le reconduire poliment à la barrière, leur paraissait irrésistiblement comique. Le projet fut donc aussitôt adopté.

– Voilà un crayon et du papier, – dit le farceur qui venait de faire cette géniale trouvaille. – Qui est-ce qui se charge d'écrire la lettre ?

– Pourquoi ne l'écris-tu pas toi-même, Jim ? – s'écria Shamus.

– Soit, mais que faut-il que je mette ?

– Mets ce que tu croiras le mieux.

– Je ne sais pas trop comment elle pourrait tourner ça, – murmura Jim en se grattant la tête d'un air perplexe. – Mais ça n'a pas grande importance. Ossailles ne s'apercevra pas de la différence. Si je mettais comme ça : « Mon vieux. Viens t'en me retrouver dans le jardin ce soir, sans ça, je ne t'adresserai jamais plus la parole. »…

– Oh non, non, ça ne peut pas marcher comme cela, – protesta le jeune mineur. – Rappelle-toi que c'est une jeune fille qui a de l'éducation. Elle s'exprimait certainement d'une façon plus choisie.

– En ce cas, mon garçon, charge-toi de l'affaire, – répliqua Jim en lui tendant le crayon.

– Voici ce qu'il faudrait écrire, à mon avis, – reprit le mineur en humectant la pointe du crayon avec sa langue. – « Lorsque la lune montera dans le ciel… Et que les étoiles brilleront d'un vif éclat, viens, oh, viens, Adolphus à minuit, dans le jardin embaumé. »

– Mais il s'appelle pas Adolphus, – objecta quelqu'un.

– Possible, mais c'est bien plus poétique, vois-tu ? En poésie on n'appelle jamais les choses par leur vrai nom. D'ailleurs, sois tranquille, il devinera bien pourquoi elle a fait cela. Il ne reste plus qu'à signer : « Carrie. » Et voilà.

On se passa gravement l'épître de main en main, et tout le monde, après l'avoir lue et relue avec déférence, s'accorda à reconnaître que c'était une merveille de style. Lorsque le papier eut fait le tour complet de la société, on le plia avec soin et on le remit à un petit garçon que l'on chargea, de le porter à Abe Durton, en lui recommandant de s'esquiver tout de suite avant, que ce dernier ait pu lui poser quelque question embarrassante.

Ce ne fut que longtemps après que le messager eut disparu dans l'obscurité, qu'il s'en trouva pour manifester quelque repentir.

– Ce n'est peut-être pas bien délicat vis-à-vis de la jeune fille, ce qu'on a fait là, – dit Shamus.

– Et c'est peut-être bien un peu méchant pour Ossailles, – ajouta un autre.

Néanmoins, la majorité négligea de s'arrêter à ces objections, et la nouvelle tournée de whisky qui fut versée à la ronde acheva d'étouffer les derniers scrupules qui pouvaient subsister dans l'esprit des moins vulgaires. À dire vrai, on avait même presque totalement oublié cette histoire à l'heure où Abe reçut le billet et, le cœur palpitant d'émotion, se mit en devoir de le déchiffrer à la lueur de son bout de bougie.

Cette nuit-là demeura longtemps mémorable à l'Écluse d'Harvey. Un vent capricieux et changeant soufflait des lointaines montagnes, attristant de ses gémissements et de ses plaintes les exploitations abandonnées. Des nuages sombres passaient avec rapidité devant la lune tantôt voilant d'une ombre opaque le paysage tantôt s'entr'ouvrant pour laisser passer les rayons de l'astre.

L'obscurité était complète lorsque Abe Durton sortit de sa cabine. Son associé, le Patron Morgan, n'était pas encore rentré de son voyage d'exploration à travers la brousse, en sorte que, aucun être vivant ne pouvait épier ses mouvements.

Sans doute, son âme simple et naïve s'était bien un peu étonnée que les doigts délicats de son angélique beauté eussent formé ces grands, hiéroglyphes mal assemblés, mais bast ! il y avait son nom au bas de la page et, pour lui, c'était plus qu'assez. Elle avait besoin de lui. Pourquoi ? il n'en savait rien ; mais elle avait besoin de lui : le reste importait peu. Et voilà comment ce fruste mineur, avec un cœur aussi pur et aussi héroïque que celui des chevaliers errants d'autrefois, répondit à l'appel de sa dulcinée.

Presque à tâtons, tant la nuit était sombre, il remonta le chemin abrupt et tortueux qui conduisait à la Villa des Azalées. À cinquante pas environ de l'entrée du jardin se dressait un boqueteau composé d'arbrisseaux et de buissons. Lorsqu'il l'eut atteint, Abe s'y arrêta un instant pour se recueillir. Minuit n'était pas encore sonné, et il avait encore quelques minutes à lui. À l'abri, dans l'ombre des petits arbres, il se prit à considérer la maison blanche dont les contours se dessinaient confusément devant lui.

Au bout de quelques instants, le mineur se remit à avancer sous les arbres et s'approcha de la barrière du jardin. Personne ne s'y trouvait. Il était évidemment en avance. La lune, à présent, était ressortie de derrière son rideau de nuages, et toute la campagne se trouvait éclairée comme en plein jour. Abe regarda, au delà de la villa, la route qui s'étendait comme un blanc ruban étalé sur la crête de la colline. Tout à coup, il sursauta comme s'il venait de recevoir un choc imprévu.

Ce qu'il venait de voir avait répandu sur sa figure une soudaine pâleur, car tout de suite ce fut sur la jeune fille que se reporta sa pensée.

Juste au tournant de la route, à deux cents mètres de lui tout au plus, il voyait une masse sombre et mouvante qui s'avançait, un peu masquée par l'ombre que projetait la colline. Cela ne dura qu'un instant, mais dans ce bref instant il embrassa toute la situation. Cette masse sombre, c'était une bande de cavaliers se dirigeant vers la villa ; et quels cavaliers pouvaient ainsi chevaucher sur la route à pareille heure de nuit, sinon les fameux bushrangers tant redoutés ?

Il est vrai que dans les circonstances ordinaires de la vie, Abe se montrait aussi indolent d'esprit que lourds d'allures ; mais, devant un péril imminent, il n'en allait plus de même, et il devenait au contraire remarquable pour son sang-froid et pour son esprit de décision. En s'avançant dans le jardin, il se mit à évaluer rapidement les chances qu'il avait contre lui. Il devait y avoir là, au bas mot, une demi-douzaine d'adversaires, tous intrépides et résolus. La question était de savoir s'il pourrait les tenir en respect pendant quelques instants et les empêcher de s'introduire dans la maison. Nous avons déjà signalé que l'on avait posté des sentinelles dans la principale rue de la bourgade. Abe estimait donc qu'il pourrait compter sur du renfort dix minutes après le premier coup de revolver tiré.

S'il s'était trouvé à l'intérieur de la maison, il se serait certainement chargé de résister bien plus longtemps que cela. Mais il n'y fallait pas songer : d'ici qu'il eût trouvé le temps de réveiller les dormeurs et de faire savoir qui il était, les bushrangers seraient arrivés. Il ne lui restait donc qu'un seul parti possible à, prendre : tenter l'impossible pour leur barrer le passage jusqu'à ce que ses camarades fussent arrivés. Au pis aller, il montrerait toujours à Carrie que s'il ne savait pas lui faire de beaux discours, il savait du moins mourir pour elle. Cette pensée, qui lui vint pendant qu'il se glissait dans l'ombre de la maison, fut pour lui une source de plaisir. Alors, il arma son revolver.

La route que suivaient les bushrangers se terminait à une barrière en bois donnant sur la partie supérieure du jardin, de l'expert. Cette barrière était bordée de chaque côté par une haie d'acacias fort haute et s'ouvrait sur une courte allée, bordée elle aussi par deux murailles épineuses et infranchissables. Abe connaissait à fond la disposition des lieux. Un homme courageux et décidé pourrait, pensait-il, défendre ce chemin pendant quelques minutes, jusqu'à ce que les assaillants eussent réussi à se frayer un passage ailleurs et à le prendre par derrière. Dans tous les cas, c'était certes la meilleure tentative qu'il pouvait faire pour réussir. Il passa devant la porte d'entrée, mais s'abstint de rien faire pour donner l'alarme. Sinclair était un homme âgé et ne pourrait lui être que d'un bien faible secours dans un combat aussi désespéré que celui qu'il allait avoir à livrer ; d'autre part, l'apparition de lumières dans la maison mettrait en garde les bandits contre la résistance qui les attendait.

Il s'engagea dans l'étroite allée. La barrière qu'il se rappelait si bien, et qu'il s'attendait à voir, se dressa effectivement devant lui ; mais, ô stupeur ! voici que, perché sur cette barrière et balançant ses jambes avec indolence en avant et en arrière dans le vide, et scrutant avec attention la route qui se déroulait devant lui, il aperçut – devinez qui ? – M. John Morgan, celui-là même qu'il souhaitait avec tant d'ardeur voir à ses côtés.

Ils n'avaient pas le temps de s'étendre en de longues explications. À la hâte, en quelques mots, le Patron raconta que, revenant de son petit voyage, il avait rencontré les bushrangers en route pour leur ténébreuse expédition et que, le hasard lui ayant fait entendre de quel côté ils se dirigeaient, il avait réussi, grâce à ses bonnes jambes et à sa connaissance approfondie du terrain, à atteindre la Villa avant eux.

– Pas le temps de prévenir personne, conclut-il encore tout essoufflé par la course qu'il venait de faire ; il faut que nous les arrêtions nous-mêmes… Ils ne viennent pas pour de l'argent… Ils viennent pour enlever celle à qui tu fais la cour. Seulement, avant de l'avoir, mon vieux Ossailles, il faudra qu'ils nous passent sur le corps, vois-tu !

Alors, sur ces mots, prononcés d'une voix haletante, les deux amis échangèrent une vigoureuse poignée de main et un long regard sincère.

Il y avait six bandits en tout. L'un d'eux, qui paraissait en être le chef, marchait seul en tête, tandis que les autres suivaient en un seul groupe. Lorsqu'ils furent parvenus en face de la maison, ils sautèrent à bas de leurs montures, puis, sur un ordre jeté à voix basse par leur capitaine, attachèrent les animaux à un petit arbre et s'approchèrent tranquillement de la barrière.

Le Patron Morgan et Abe se tenaient tapis à l'ombre de la haie, tout au bout de l'étroit passage. Ils étaient invisibles pour les bushrangers, qui s'attendaient évidemment à ne rencontrer que peu de résistance dans cette maison isolée. Lorsque, s'étant avancé, le chef se retourna pour donner un nouvel ordre à ses camarades, les deux amis reconnurent le profil sévère et la grosse moustache de Ferguson le Noir, le prétendant éconduit de Mlle Carrie Sinclair. Le brave Abe se jura aussitôt intérieurement que celui-là, du moins, ne parviendrait pas vivant jusqu'à la porte.

Le bandit s'approcha de la barrière, et il s'apprêtait à l'ouvrir lorsqu'une exclamation soudaine rompit le silence et le fit tressaillir.

– Arrière ! cria une voix sortant des buissons.

– On ne passe pas, réplique une autre voix, avec cette douceur et cette tristesse infinies qui caractérisaient celle du Patron, lorsque ce dernier avait quelque idée diabolique en tête.

Le bushranger la reconnut tout de suite. Il se souvenait d'un jour où, dans la salle de billard des « Armes de Buckhurst », il avait entendu cette même voix doucereuse, où il avait vu ce même jeune homme imperturbable s'adosser à la porte, sortir froidement de sa poche un derringer et mettre au défi tous les escrocs qui se trouvaient là d'en franchir le seuil.

– C'est ce maudit abruti de Durton, maugréa-t-il, et son ami à figure pâle.

Les deux associés étaient bien connus à la ronde et tous deux réputés pour leur bravoure. Mais les bushrangers, de leur côté, étaient des risque-tout qui ne reculaient devant rien. Ils s'approchèrent tous en groupe de la barrière.

– Livrez-nous passage ! gronda leur chef d'une voix sourde, en s'adressant aux deux jeunes gens ; vous voyez bien que vous ne pourrez pas sauver la petite. Mieux vaut pour vous vous retirer sains et saufs pendant qu'il en est encore temps.

Les associés éclatèrent de rire.

– Eh bien, que la peste vous prenne ! En avant !

La barrière s'ouvrit avec violence, et les bandits, déchargeant leurs armes au jugé, se ruèrent comme des forcenés vers l'allée du jardin.

À l'autre bout de cette allée, parmi les buissons, les deux revolvers claquaient gaillardement dans le silence de la nuit. En raison de l'obscurité, il était cependant difficile de viser avec précision. Le deuxième bandit fit un bond prodigieux en l'air et retomba, la face contre le sol, les bras en croix, se tordant sous le clair de lune en des convulsions horribles. Le troisième reçut à la jambe une éraflure qui l'obligea à s'arrêter. Les autres, impressionnés, cessèrent eux aussi d'avancer. Après tout, s'ils avaient entrepris de ravir la jeune fille, ce n'était pas pour leur propre compte, et ils n'avaient pas beaucoup de cœur à la besogne. Sans se préoccuper si ses compagnons le suivaient, le capitaine s'élança impétueusement en hardi coquin qu'il était, mais Abe Durton lui asséna en plein visage, avec la crosse de son revolver, un coup formidable qui l'envoya rouler au milieu de ses congénères, la mâchoire en sang.

– Ne vous en allez pas encore, dit la voix dans les ténèbres.

Mais ils n'étaient pas tentés de partir tout de suite, sachant bien qu'il faudrait encore quelques minutes avant que l'Écluse d'Harvey s'ameutât et accourût à la rescousse. Pour peu qu'ils parvinssent à se rendre maîtres des défenseurs, ils auraient encore le temps d'enfoncer la porte.

Or, il advint justement ce que Abe appréhendait le plus.

Ferguson le Noir connaissait le terrain aussi bien que lui. Il se mit à courir avec rapidité le long de la haie, en faisant signe à ses complices de l'imiter, et tous les cinq la traversèrent à un endroit où elle était interrompue par un semblant de brèche. Les deux amis s'entre-regardèrent. Leur flanc était tourné. Alors ils se dressèrent, en hommes qui ont conscience de leur destinée et qui n'ont pas peur de lui faire face.

Il y eut, dans la lumière argentée de la lune, une mêlée fantastique de silhouettes noires, et, tout à coup, une clameur poussée par des voix bien connues retentit dans la nuit. Les farceurs de l'Écluse d'Harvey, qui arrivaient pour jouir de la surprise du naïf Ossailles, venaient d'avoir eux-mêmes une surprise d'un bien autre genre. À leur grande joie, les associés virent surgir auprès d'eux tout un groupe de figures amies : Shamus, Struggles, Mc Coy. Il s'ensuivit un corps à corps terrible, d'où jaillirent des traits de feu, d'où partirent des jurons farouches, d'où s'éleva un nuage de fumée âcre, et quand tout cela se fut enfin apaisé, il ne restait plus dans le jardin qu'un seul bandit debout qui fuyait à toutes jambes pour chercher un refuge derrière la haie saccagée. Aucun cri de triomphe ne partit cependant de la bouche des vainqueurs ; au contraire, un étrange silence pesait sur eux, d'où monta bientôt un murmure attristé, car là, étendu en travers de ce seuil pour la défense duquel il avait si vaillamment combattu, gisait le malheureux Abe, Abe le loyal et le simple de cœur, tout pantelant, la poitrine traversée par une balle.

Ses compagnons, avec des mouvements que leur tendresse s'efforçait de rendre moins rudes que d'habitude, le transportèrent à l'intérieur de la Villa. Plus d'un parmi eux aurait, je crois, volontiers accepté une blessure comme la sienne s'ils avaient pu avoir en échange l'amour de cette blanche jeune fille qui, maintenant, se penchait sur son lit ensanglanté et lui murmurait à l'oreille des paroles si douces et si affectueuses. Lorsqu'elle parla, le son de sa voix parut le faire peu à peu sortir de sa torpeur. Il ouvrit ses yeux bleus pleins de rêve et regarda autour de lui, puis les fixa sur le visage de celle qu'il aimait.

– Fichu, murmura-t-il ; pardon, Carrie, morib…

Et, avec un pâle sourire aux lèvres, il retomba sur l'oreiller.

Néanmoins, Abe, pour une fois, ne tint pas parole. Sa robuste constitution reprit le dessus et le fit triompher de cette blessure qui aurait pu être fatale pour un homme plus faible que lui. Dut-il son salut à l'air embaumé des pins qui entrait dans sa chambre après avoir traversé des milliers de miles de forêts, ou bien à la délicieuse petite infirmière qui le soignait si tendrement ? Je ne saurais le préciser, mais ce qu'il y a de certain, c'est que moins de deux mois plus tard nous apprîmes qu'il avait vendu ses actions de la mine de Conemara et qu'il avait quitté pour toujours l'Écluse d'Harvey et sa petite cahute sur le haut de la colline.

J'ai eu l'avantage, peu de temps après, de lire un extrait d'une lettre écrite par une jeune personne appelée Amelia, à laquelle nous avons déjà fait allusion en passant, au cours de notre récit. Nous avons commis une première fois l'indiscrétion de lire une épître féminine ; nous aurons donc moins de scrupules à le faire une seconde.

« J'étais demoiselle d'honneur », raconte-t-elle, « et Carrie était charmante » (souligné) « avec son voile et ses fleurs d'oranger. Quel homme que son mari ! Figure-toi qu'il est deux fois grand comme ton Jack ! Et il fallait voir, comme il était drôle, comme il rougissait, comme il était troublé… à tel point qu'il en a laissé tomber son livre de prières. Quand on lui a posé la question sacramentelle, il a répondu par un : « Oui ! » si formidable qu'on l'aurait entendu de l'autre bout de George Street. Son garçon d'honneur était délicieux » (souligné deux fois) « si calme, si correct, si homme du monde. Il est trop gentil à mon avis pour vivre au milieu de tous ces gens grossiers. »

Il est fort possible qu'avec le temps Mlle Amelia ait réussi à décider notre vieil ami, M. Jack Morgan, plus communément appelé le Patron à adopter un genre d'existence plus distingué que celui qu'il avait mené jusqu'alors.

Aujourd'hui encore, si vous allez là-bas, on vous montrera, près de la courbe, un arbre qui porte le nom de Gommier de Ferguson. Inutile d'entrer dans des détails. Dans les colonies qui viennent de naître, la justice est plutôt sommaire et les habitants de l'Écluse d'Harvey étaient tous gens sérieux et pratiques qui n'avaient pas pour habitude de barguigner en affaires.

Un public choisi se réunit encore, comme par le passé, dans le fumoir du Bar Colonial, le samedi soir. En ces occasions-là, s'il se trouve parmi la société un hôte de passage ou un étranger à qui l'on veuille faire honneur, la même cérémonie solennelle a toujours lieu. On commence par remplir tous les verres en silence, puis on heurte ces verres sur la table, et alors, toussant pour annoncer qu'il va prendre la parole, Jim se lève et raconte l'histoire du Poisson d'Avril et ce qu'il en advint. Chacun s'accorde en général à trouver très originale et très artistique la façon dont il s'interrompt soudain à la fin de son récit pour lever son verre plein en s'écriant :

– Et maintenant, les amis, à la santé de M. et Mme Ossailles, et que le bon Dieu les protège !

Souhait fort justifié d'ailleurs, et auquel l'étranger, pour peu que la prudence le gouverne, ne manquera pas de donner, sans se faire prier, son assentiment le plus cordial.